DE SERENNES ET DE SERÈNE D'ACQUÉR

PACTE DE FAMILLE

PARIS

20 Novembre 1887

PACTE DE FAMILLE

FAMILLES

DE SERENNES ET DE SERÈNE D'ACQUÉRIA

PACTE DE FAMILLE

PARIS

20 Novembre 1887

PACTE DE FAMILLE

L'an mil-huit-cent-quatre-vingt-sept et le dimanche vingtième jour du mois de novembre, au siège du Conseil Héraldique de France, Avenue Carnot, 21, à Paris, en présence des témoins ci-après désignés et soussignés ;

Entre Monsieur Ferdinand-*Henri*, Vicomte de Serennes, propriétaire, demeurant à Paris, rue de Berne, numéro 15, Chef et unique rejeton mâle de la famille de Serennes, présent en personne, *d'une part ;*

Et Monsieur Jean-*Louis*-Oscar DE SERÈNE D'ACQUÉRIA, Lieutenant de l'Artillerie de Sa Majesté le Roi de Danemark et son interprète assermenté, en service dans les Douanes, Chef de la famille de Serène d'Acquéria établie au château de Merringgaard, à Copenhague et à Faaborg, au Royaume de Danemark, représenté par Monsieur *Oscar*-Philippe-François-Joseph, Vicomte de Poli, ancien Préfet, Président du Conseil Héraldique de France, Commandeur du nombre extraordinaire de l'Ordre Royal de Charles III d'Espagne, Chevalier de grâce de l'Ordre Royal Constantinien des Deux-Siciles, Commandeur des Ordres Pontificaux de Saint-Sylvestre et du Saint-Sépulcre, Commandeur de l'Ordre Royal de la Couronne de Chêne des Pays-Bas, Chevalier affilié de l'Ordre Teutonique de Sainte-Marie de Jérusalem, etc., agissant en vertu de la procuration qui sera rapportée ci-après, *d'autre part* ;

A été fait et convenu ce qui suit :

Premièrement : Monsieur le Vicomte de Poli a produit la procuration dont suit la teneur, écrite en entier de la main du signataire et revêtue d'un cachet en cire rouge à ses armes :

PROCURATION

« Je soussigné Jean-*Louis*-Oscar de « Serène d'Acquéria, lieutenant de l'artil- « lerie de Sa Majesté le Roi de Danemark, « son interprète assermenté, en service des « Douanes, chef de la branche de mon nom « établie au château de Merringgaard, à « Copenhague et à Faaborg, au Royaume de « Danemark, déclare donner pleins pouvoirs « à Monsieur le Vicomte Oscar de Poli,

« ancien Préfet, Président du Conseil Héral-
« dique de France, pour me représenter au
« Pacte de famille qui doit être passé entre
« Monsieur le Vicomte Henri de Serennes
« et moi.

« Faaborg, Danemark, ce 4 octobre 1887.

Signé : « L. DE SERÈNE D'ACQUERIA. »
Au bas de laquelle Procuration est écrit :

« Pour certification de la signature ci-
« dessus apposée.

« Copenhague, le 4 octobre 1887.

Signé : « H. R. HIORT-LORENZEN.

« Ancien Préfet, Membre du Conseil
« Héraldique de France. »

Deuxièmement : Monsieur le Vicomte de
Serennes déclare reconnaître l'authenticité
et la validité de la Procuration susrelatée.

Troisièmement : Monsieur le Vicomte de

Serennes, *d'une part*, et Monsieur le Vicomte de Poli, au nom du dit Monsieur de Serène d'Acquéria, *d'autre part*, se déclarent prêts à procéder au susdit Pacte de famille.

Quatrièmement : Monsieur le Vicomte de Serennes produit divers documents authentiques, notes et extraits, et fait les déclarations suivantes :

Sa famille est d'ancienne extraction chevaleresque et a eu pour berceau le fief de Serennes, en Anjou, appelé dans les chartes latines *Serenae, Sirenae, Sereniae, Soreniae*, et dans les anciens titres français Serenes, Serene, Serenne, Seraine, Serennes ; le dit fief composant aujourd'hui, sous le nom de Serenne, une part de la commune de Saint-Clément-de-la-Place, canton du Louroux-Béconnais, arrondissement d'Angers, département de Maine-et-Loire. C'est de là que la race a provigné, avec des fortunes diverses, dans différentes provinces du Royaume, notamment en Touraine au xiii⁰ siècle, en Languedoc au xv⁰, et de Languedoc en Provence, où elle a donné son nom au fief de Serennes, composant aujourd'hui, sous ce même nom, une part de la commune de Saint-Paul-sur-Ubaye, chef-lieu de canton de l'arrondissement de Barcelonnette, département des Basses-Alpes.

Goslin, seigneur de Serennes, en Anjou, *Goslenus de Serenis*, vivait vers 1075. (Bibliothèque Nationale, *Collection d'Anjou et Touraine*, tome XIII, N⁰ 9563). Il est appelé « Goslon de Serenes » dans le *Trésor Généalogique* de Dom Villevieille. (Bibl. Nat., tome LXXXIV, *verbo* Serènes).

Hugues, Hubert, Guillaume et Barbot de Serennes, *de Sereniis*, apparaissent dans des titres angevins d'environ 1105. (*Collection d'Anjou et Touraine*, tome XIII, N⁰ 10222.)

Guillaume de Serennes, *Willelmus de Sirenis, Willelmus de Serenis*, est témoin vers 1118 de donations faites à l'abbaye de Saint-

Aubin d'Angers. (Même Collection, tome XIII, N° 9506 et N° 9598. — Bibl. Nat., Manuscrits de Gaignières, mss. latin 17126, *Cartulaire de Saint-Aubin d'Angers*, page 106.)

Gaudin de Serennes, *Gaudinus de Serenis*, vivait en Anjou vers 1120. (Même Collection, tome XIII, N° 9616.)

Giraud de Serennes, *Giraldus de Sereniis*, souscrit vers 1150 une charte de Guillaume de Brisay. (Même Collection, tome XII, N° 5532.)

Payen de Serennes, *Paganus de Serenis*, figure dans une charte passée sous le pontificat de Mathieu, évêque d'Angers, 1155-1162. (Même Collection, tome XIII, N° 1329.)

Guillaume de Serènes vivait en Anjou en 1189. (Dom Villevieille, *ut suprà*), et c'est très probablement le même qui, vers 1195, est appelé « Guillaume de Serène », qualifié chevalier, et possessionné féodalement dans la châtellenie de Lorris en Gâtinais. Au même temps, « Simon Serène, chevalier », est aussi possessionné féodalement dans la même châtellenie. (Bibl. Nat., Département des Manuscrits, De Camps, *Nobiliaire historique*, tome IX, folio 194 verso.)

André de Serennes, *Andreas de Serennes*, seigneur de Princé, et Messire Olivier de Langeais, chevalier, vendirent en 1234 au chapitre de Saint-Martin de Tours le droit de voirie qu'ils avaient à Restigné et qu'ils tenaient en fief d'Alès de Brisay, chevalier, et en arrière fief d'Hémery de Blou, chevalier angevin. (*Pancarte blanche de Saint-Martin de Tours.* — Dom Villevieille, *Trésor Généalogique*, tome LI, *verbo* Lengeais. — *Collection d'Anjou et Touraine*, tome VII, Nº 2760.)

Gervais de Serennes, *Gervasius de Soreniis*, vivait en Touraine en 1255. (Manuscrits de Gaignières, mss. latin 17129, *Touraine,*

Extraits de Tiltres et mémoires, page 47.)

Estienne et Perronnelle de Serènes figurent en 1292 dans la bourgeoisie de Paris. (H. Géraud, *Paris sous Philippe le Bel*, pages 5 et 7.)

Jean de Serennes, surnommé l'Empereur, bourgeois de Paris, *Johannes de Serrenis, dictus Imperator, civis Parisiensis*, fit en 1296 une donation à l'abbaye de Saint-Denis. (Archives Nationales, S. 4360, Nº 44.)

« Pierre Serenne » servait en 1380 dans la compagnie d'écuyers de Louis, sire de Montbourcher (Dom Morice, *Preuves de l'Histoire de Bretagne*, tome II, colonne 252), d'une illustre maison bretonne qui avait en Anjou de nombreuses possessions féodales. (J. Denais, *Armorial de l'Anjou*, tome II, p. 398.)

Raymond Serène, *aliàs* de Serène, docteur en droit, était en 1431, 1432 et 1433 Capitoul de Toulouse. (Alphonse Bremond, *Nobiliaire Toulousain*, tome II, page 426), et en 1442, 1446, 1458, il occupait la charge éminente de Juge-mage de la dite ville. Son sceau porte un écu chargé d'une sirène. (Bibl. Nat., Cabinet des Titres, Collection dite des *Pièces Originales*, tome 2691, dossier 59693, SERÈNE, Nᵒˢ 2, 3, 4, originaux en parchemin.) Le même apparaît encore dans un acte de 1469. (Dom Villevieille, *Trésor Généalogique*, *verbo* ANGLADE.)

« Jehan Serène » vivait à Toulouse en 1533. (*Pièces Originales*, dossier 59693, Nᵒ 5.)

« Pierre de Seraine » servait en 1648 dans les Chevau-légers de la Garde du Roi. (Bibl. Nat., Collection dite des *Montres d'armes*, mss. français 25863, Nᵒ 461.)

Au xvıᵉ siècle, Jean de Serennes alla s'établir à Venise, quitta sa nationalité et fut agrégé à la Noblesse Vénitienne. Jean-Marin de Serennes, son fils, fut père de Michel de Serennes, noble Vénitien, à partir duquel s'établit la filiation authentique.

Ledit Michel de Serennes revint en France et obtint de Sa Majesté le Roi Louis XIV des lettres patentes données à Paris au mois d'octobre 1665, registrées à la Cour des Aides et à la Chambre des Comptes le 13 mars 1666, exhibées par Monsieur le Vicomte de Serennes en copie sur papier collationnée à l'original, non datée et non signée, mais écrite au xviiie siècle et ayant un caractère de vérité qu'attestent, au demeurant, des documents ultérieurs; — desquelles lettres patentes suit la copie littérale :

« LOUIS, PAR LA GRACE DE DIEU ROY DE
« FRANCE ET DE NAVARRE, à tous presens et
« avenir Salut. Le grand calme que la paix
« cause dans Nostre Royaume Nous obli-
« geant de convertir Nos soins à la recherche
« de toutes les choses qui peuvent y pro-
« duire non seulement l'abondance, mais
« encore servir de décoration et d'embel-

« lissements, Nous avons convié par Nos
« bienfaits les étrangers, qui ont la réputa-
« tion d'exceller en quelques sortes de ma-
« nufactures, d'en venir faire l'establisse-
« ment, comme ils font journellement, dans
« les villes et lieux de Nostre Royaume qui
« sont jugés les plus commodes pour l'exé-
« cution de leur proposition, et comme
« entre les manufactures étrangères les
« ouvrages de glaces à miroir qui se
« fabricquent à Venise sont les plus univer-
« sellement estimées, Nous avons très favo-
« rablement écouté la proposition qui Nous
« a été faite par le sieur Jean Marin Michel
« de Sereinnes, Noble Vénissien, d'establir,
« dans les lieux de Nostre Royaume qu'il
« jugera les plus propres, une ou plusieurs
« verreries, pour y faire des glaces à miroir
« de toutes les grandeurs qui se font à
« Moreau près la ville de Vénise, d'un
« cristal aussi beau que celles qui y sont
« fabricquées, ayant le dit sieur de Sereinnes,

« par les expériences qu'il en a faites,
« reconnu que les matières à faire les dits
« ouvrages se trouvent dans Nostre Royaume
« aussi commodément qu'en aucun autre
« lieu, pour quoy il s'est retiré par devers
« Nous à ce qu'il Nous plust luy accorder la
« permission de faire l'establissement de la
« dite verrerie et Nos Lettres à ce néces-
« saires, humblement requérant icelles ;
« A CES CAUSES et après avoir fait voir et
« examiner cette proposition et condition à
« Nostre bien amé et féal conseiller en
« Nostre Conseil Royal le Sieur Colbert,
« Surintendant de Nos bastimens et manu-
« actures de Nostre Royaume, de l'advis de
« Nostre Conseil et de Nostre grâce spé-
« dalle, plaine puissance et autorité Roialle,
« Nous avons permis, accordé et octroyé et
« par ces présentes signées de Nostre main
« permettons, octroyons et accordons au dit
« Sieur de Sereinnes la faculté d'establir
« dans les endroits qu'il jugera les plus

« propres et commodes dans Nostre
« Royaume une ou plusieurs verreries pour
« y fabricquer des glaces à miroir des
« mesmes et de diverses grandeur, netteté
« et perfection que celles qui sont fabricquées
« à Morau près Vénise, losanges ou carreaux
« transparens servans aux chassis e
« fenestres, lustres, vases de toutes façons
« verottiers pour les Indes, émaces, pièce
« de cheminées, verres de cristal, service
« entiers de table de toutes façons, figures,
« manières et grandeurs, tant pour servr
« à l'ornement de Nos Maisons Royales
« que pour la commodité publique, le tut
« par le dit Sieur de Sereinnes, sans que
« pendant le tems de vingt ans aucun puise
« faire un semblable establissement qu'avec
« la permission du dit Sieur Desereinnesou
« de ses successeurs et ayans cause, sous
« prétextes de privilèges ou concessionspar
« Nous données ou par les Roys Nos pré-
« decesseurs, lesquels Nous avons revocquts

« et revocquons par ces presentes avec
« défences aux porteurs d'iceux de s'en
« servir et à tous juges d'y avoir esgard ; et
« pourra le dit Sieur de Sereinnes associer
« à la dite manufacture telles personnes que
« bon luy semblera, soit ecclésiatisques,
« nobles ou autres, sans que luy ni ses dits
« associés puissent estre censés ou reputés
« avoir dérogé à Noblesse pour raison de la
« ditte Société, de quoy en tant que besoin
« seroit Nous les avons relevés et relevons
« par ces presentes ; et pour faciliter la
« ditte manufacture et traiter favorablement
« le dit Sieur Michel de Sereinnes, Ecuyer,
« Sieur de Jean Marin, que Nous avons
« reconnu Noble Vénitien, voulons et enten-
« dons qu'il soit censé et reputé regnicole et
« comme tel Noble françois, qu'il jouisse
« des mesmes privilèges accordés à la
« Noblesse de Nostre Royaume sans qu'il
« soit tenu de prendre aucunes autres Nos
« Lettres de naturalité, ny pour ce Nous

« paiẹr aucuns droits, dont Nous luy avons
« fait et faisons don, en conséquence de
« quoy ses veuves et enfans seront censés
« et reputés Nobles, pourront recueillir ses
« successions et autres biens qui pour-
« roient leur écheoir sans qu'ils puissent
« estre troublés ny inquiétés, à la charge
« toutes foys que le dit Sieur Deserainnes
« continuera de faire sa demeure dans le
« dit Royaume et de travailler à la ditte
« manufacture l'espace de huit ans ; et
« néantmoins, où le dit Sieur De Sereinnes
« viendroit à deceder pendant le tems de
« huit années du service actuel qu'il sera
« tenu de rendre à la ditte manufacture,
« voulons au dit cás que ses veuves, enfans
« ou héritiers luy puissent succeder aux
« biens qui luy seront echeus pendant sa
« residence en Nostre dit Royaume et se
« retirer, si bon leur semble, en leur pays
« et y transporter leurs dits biens, sans
« qu'ils en puissent estre empeschés, à

« l'effect de quoy ils seront tenus de prendre
« certifficat du dit Surintendant de Nos
« bastimens, en conséquence desquels leur
« sera delivré tous passeports nécessaires ;
« et afin de faire voir d'autant plus l'estime
« que Nous faisons de la manufacture de
« glaces et du dit sieur de Sereinnes, Entre-
« preneur d'icelles, Nous voulons et enten-
« dons qu'il jouisse du droit de committi-
« mus aux requestes de Nostre hostel ou
« de Nostre palais tout ainsy que les com-
« menceaux de Nostre Maison, et qu'en
« outre les ouvriers tant françois qu'estran-
« gers non nobles, leurs commis, clercs,
« gardes, polisseurs et autres artisans
« employés aux choses necessaires à la ditte
« manufacture, ensemble leurs serviteurs
« et domesticques demeurans en leurs
« maisons ou en leurs bureaux, soient
« exempts de toutes tailles et impositions
« tant ordinnaires qu'extraordinnaires,
« emprunts, garde de ville, logement de

« gens de guerre, tutelles, curatelles, et
« toutes autres charges de quelle qualité
« qu'elles puissent estre, tant et si longue-
« ment qu'ils seront employés au fait de la
« ditte manufacture et dans les bureaux et
« magasins d'icelle, à la charge toutes foys
« à l'esgard des françois qu'ils n'auront
« point esté imposés jusqu'à present aux
« Rolles des tailles, et en cas qu'ils se trou-
« vassent compris dans les rolles des lieux
« où ils auroient esté domiciliés qu'ils con-
« tinueront d'y estre emploiés au mesme
« taux et sans augmentation, et ce pendant
« le temps fixé par Nos Ordonnances, et
« pour faire connoistre publicquement la
« protection que Nous donnons à la ditte
« manufacture, Nous avons permis et per-
« mettons au. dit Sieur de Sereinnes de faire
« mettre aux principalles portes des mai-
« sons, magasins et bureaux servants à la
« ditte manufacture des glaces de miroirs
« et d'avoir des Portiers revestus de Nos

« livrées, comme aussy, pour indemniser
« en quelque façon le dit Sieur de Sereinnes
« des grandes depences qu'il convient de
« faire pour parvenir au dit establissement,
« Nous voulons et ordonnons que par le
« tresorier de Nos bastimens il soit delivré
« comptant au dit Sieur de Sereinnes
« la somme de douze mille livres par forme
« d'avance et de prest, laquelle il s'obligera
« de Nous rendre dans quatre années sans
« aucun intérêt, et en fera les soumissions
« requises et accoustumées, sans néant-
« moins que la ditte somme puisse estre
« repetée contre le dit Sieur de Sereinnes,
« arrivant cessation de la ditte manufac-
« ture, pourvu qu'elle ne fust causée et
« n'arrivast par son fait.

« Sy donnons en mandement à Nos amés
« et féaux conseillers les Gens tenans Nostre
« Cour des comptes et Aides à Paris que ces
« presentes ils ayent a registrer et du con-
« tenu en icelles faire jouir et user le dit

« Michel De Sereinnes, ses herittiers, suc-
« cesseurs, ayans cause, ses associés et
« autres ouvriers, pleinement et paisible-
« ment, cessant et faisant cesser tous
« troubles et empeschemens qui leurs
« pourroient estre donnés, nonobstans tous
« Edits, déclarations, reglemens, privilèges,
« arrests et autres choses à ce contraires,
« auxquels Nous avons derogé et derogeons
« par ces presentes, CAR TEL EST NOSTRE
« PLAISIR. Et afin que ce soit chose ferme
« et stable à toujours Nous avons fait metre
« Nostre Scel à ces dittes presentes, sauf en
« autre chose Nostre droit et l'autruy en tout.

« Donné à Paris au mois d'octobre l'an
« de grace mil six cent soixante cinq et de
« Nostre Reigne le vingtroisiesme. Signé
« Louis. Par le Roy en Son Conseil, de
« Guenegaud. Visa, Seguier. Et scellé du
« grand Sceau de cire verte. Registré en la
« Chambre des Comptes à Paris le troisiesme
« jour de mars mil six cent soixante six. »

Messire François-Michel-Marin de Serennes, écuyer, officier d'infanterie au service du Roi Louis XV, arrière-petit-fils du susdit Michel de Serennes, fut marié à noble demoiselle Marie-Madeleine de Dames, ce qui conste du contrat de mariage de son fils. De cette alliance naquirent François-Michel, qui suit, et une fille, née en 1759, à qui le 17 mars 1781, à Nogent-le-Rotrou, fut délivré un certificat d'extraction noble tant du côté paternel que du côté maternel, par Messieurs Hoüen du Mesnil, Chevalier de l'Ordre Royal et Militaire de Saint-Louis, de Bouillé, Garde du Corps du Roi, et Heraud de Carvoisin, capitaine d'infanterie, Chevalier de l'Ordre Royal et Militaire de Saint-Louis.

Le dit François-Michel-Marin est mentionné dans le Rôle des tailles de la paroisse de Bretoncelles, de l'an 1749, comme exempt à cause de sa noblesse, et cela en ces termes : « Exempt: le sieur de Serenne, écuyer » (Archives du département d'Eure-et-Loire.)

Messire François-Michel de Serennes, écuyer, appelé le chevalier de Serennes, capitaine dans la compagnie Noble Française au service du Roi de Pologne, fut marié, à Trie, par contrat du 24 avril 1780, à demoiselle Louise-Denise-Félicité Psalmon, fille de Jean-Nicolas Psalmon et de Denise-Agnès-Geneviève Mauger. Le 2 mai 1781, il fut nommé gouverneur et châtelain du Câteau, par brevet de Son Altesse Sérénissime le Prince Ferdinand-Maximilien-Mériadec de Rohan, Archevêque duc de Cambrai, Prince du Saint Empire, Comte du Cambrésis, dans lequel il est appelé « François-Michel, écuyer, chevalier de Sereine ». De sa dite alliance naquirent :

1º Le 16 mai 1781, à Trie-Château, Mélanie-Barbe-Charlotte-Denise-Joséphine, baptisée au dit lieu le lendemain et qui, dans l'acte de son baptême, est dite fille légitime de « Messire François-Michel, chevalier de Sereinnes, capitaine des chasses et vice-sénéchal de Son Altesse Sérénissime Monseigneur le Prince Ferdinand de Rohan, Archevêque duc de Cambrai, et de demoiselle Louise-Denise-Félicité Psalmon. Le parrain fut Messire Pierre-Nicolas Psalmon, prêtre, docteur de Sorbonne, supérieur du Séminaire de Laon à Paris, massacré en 1793 dans cette dernière ville. La marraine, demoiselle Barbe-Charlotte de Migien, marquise de Savigny.

2° Le 31 juillet 1786, à Paris, Charles-Ferdinand, dont il sera parlé ci-après.

3° Le 31 mars 1789, au Câteau, Charles-Godefroy-Frédéric, baptisé au dit lieu le même jour et qui dans l'acte de son baptême est dit « fils légitime de François-Michel, écuyer, chevalier de Sereinnes, vice-châtelain gouverneur du Câteau-Cambrésis, capitaine des chasses, etc., et de demoiselle Louise-Denise-Félicité Psalmont. Le parrain fut très haut et très puissant prince Monseigneur Charles-Godefroy-Auguste de la Trémoille, Comte de Laval, Grand doyen des comtés de Strasbourg, Abbé Commendataire de l'abbaye de Fontenay, représenté par Charles-Ferdinand de Sereinnes, frère aîné du baptisé. La marraine fut très haute, très puissante et très illustre princesse Madame Augusta-Frédérique-Whilelmine de Salm, épouse de très haut, très puissant et très illustre prince Monseigneur Anne-Emmanuel-Ferdinand-François, Duc de Croy, Prince de Meure, de Solre, Cómte de Buven, de Beaufort, Marquis du Quesnoy, Baron de Cullau et autres lieux, Prince de l'Empire, Grand d'Espagne de la première classe, Grand Veneur héréditaire du Hainaut, Maréchal de camp ès armées du Roi et chevalier de Ses Ordres, représentée par Barbe-Charlotte-Denise-Joséphine de Sereinnes, sœur du baptisé, qui mourut jeune.

Charles-Ferdinand, chevalier de Serennes, fils aîné de François-Michel et de Louise-Denise-Félicité Psalmon, naquit à Paris le 31 juillet 1786. Il eut pour marraine « très haute et très puissante dame Charlotte Stuart, duchesse d'Albany, fille de Charles III, fils de Jacques III et neveu de Jacques II, Roy d'Angleterre », ce qui conste d'un acte authentique passé à Rome le 21 juin 1786, par lequel la dite princesse déclare qu'elle consent à être « marraine de l'enfant à naître de Madame de Serraines, épouse de Monsieur le Chevalier de Serraines, demeurant au Câteau », et stipule que le dit enfant à naître sera appelé Charles ou Charlotte. Nommé en 1805 sous-lieutenant au régiment de la Tour-d'Auvergne, il fut mis en réforme avec pension pour cause de blessures le 18 novembre 1807 ; reprit du service à la rentrée des Bourbons, en qualité de lieutenant au 1er Régiment de Grenadiers de la Garde Royale ;

puis passa dans l'administration des haras, où il devint chef de dépôt, fonction équivalente au grade d'officier supérieur des haras. M. le chevalier de Serennes, appelé dans les divers actes qui le concernent « de Sereinnes, de Sereine, de Serène, Desserennes », mourut à Auxerre le 21 avril 1841, ayant épousé, le 17 février 1833, à Montier-en-Der, département de la Haute-Marne, demoiselle Madeleine-Camille de la Charlière, née le 31 mai 1807 à Wassigny, département des Ardennes, morte le 25 novembre 1871 dans sa propriété sise en la commune de Bièvres, département de Seine-et-Oise.

De la dite alliance naquit, le 5 novembre 1836, à Montcorbon, département du Loiret, un fils unique, Ferdinand-*Henri*, vicomte de Serennes, élevé à l'Ecole Militaire de La Flèche, propriétaire, chef de sa branche, et qui fait les présentes déclarations. Monsieur le vicomte de Serennes ajoute qu'il a été marié deux fois : 1° le 22 septembre 1863, à

Paris, à demoiselle Marie-Pauline-Jeanne-Gabrielle-*Berthe* de Piolenc, de l'ancienne maison provençale de ce nom, fille légitime d'Albert, marquis de Piolenc, et de demoiselle Cécile Marchand ; 2° le 18 décembre 1867, à Paris, à demoiselle Thérèse Huvet, vivante, fille légitime d'Alfred Huvet, avocat, et de demoiselle Mathilde le Cieux. De la première de ces deux alliances est née le 15 juillet 1864, à Paris, une fille unique, vivante, Cécile - Camille- Pauline-Henriette-Berthe-*Augusta* de Serennes, sans alliance.

En ce qui concerne le Pacte à conclure avec la famille de Serène d'Acquéria, Monsieur le Vicomte de Serennes déclare qu'il y adhère d'autant plus volontiers que le dit pacte, encore que le point précis de jonction fasse défaut, est conforme à la tradition, conservée dans sa famille, d'une ancienne communauté d'extraction avec la famille de Serène d'Acquéria ; tradition confirmée par l'homonymie, indéniable malgré les variantes orthographiques du nom, et par la similitude des armoiries de Messieurs de Serène d'Acquéria avec les siennes, qui sont : *D'argent à la siréne de carnation, accostée de deux tours de gueules, ouvertes, maçonnées et crénelées de sable ;* l'écu timbré d'une couronne de comte ; supports, *deux lions ;* cimier, *Un lion naissant d'argent.* Devises : 1º REGUM FACTA CANIT. 2º PER VENEZIA. (Comte de Bessas de la Mégie, *Légendaire de la Noblesse de France*, page 459).

Cinquièmement : Monsieur le vicomte de Poli, au nom de Monsieur de Serène d'Acquéria, donne acte à Monsieur le Vicomte de Serennes de ses déclarations susrelatées.

Sixièmement : Monsieur le Vicomte de Poli, au dit nom, déclare reconnaître que, si le point précis de jonction entre les deux familles fait défaut, il n'en existe pas moins une présomption sérieuse de communauté d'extraction, tant par le témoignage de la tradition que par l'homonymie et l'analogie des armoiries. Il donne ensuite lecture d'une lettre à lui adressée par Monsieur Rodolphe Hiort-Lorenzen, ancien préfet, directeur du *Danmarks Adels Aarbog*, membre honoraire du Conseil Héraldique de France, rédacteur en chef du journal le *Nationaltidende*, chevalier des Ordres Royaux de Wasa, du Dannebrog, du Christ, de Saint-Alexandre, officier des Ordres Royaux du Sauveur de Grèce et du Takowo, Commandeur de l'Ordre Royal de Notre-Dame de Villaviçosa, en date de Copenhague le 12 mai 1887 :

« J'ai trouvé parmi les documents de
« Madame de Serène d'Acquéria, mère de
« Monsieur de Serène d'Acquéria qui vous
« a écrit, l'acte de naissance de Monsieur
« Joseph - Louis - Bruno - David de Serène
« d'Acquéria, émigré en 1793, fils de Jean-
« Louis-Antoine-David Serène d'Acquéria,

« chevalier, président trésorier général de
« France en la généralité de Montpellier, et
« de Marguerite de Benezet. Il fut baptisé
« le 6 avril (né le 3 avril) 1764 dans l'église
« de Saint-Michel de Codolet (département
« du Gard). En 1787, Monsieur Joseph-
« Louis-Bruno-David de Serène d'Acquéria
« fut nommé maître de la Cour des Comptes
« à Paris... Le château d'Acquéria qui a
« appartenu à la famille, ainsi que Vallon-
« gues, est situé près de Tavel, département
« du Gard. Monsieur de Serène d'Acquéria,
« l'émigré, qui était chevalier de Saint-
« Louis et de l'Ordre du Lys (la famille pos-
« sède encore les décorations), a habité ce
« château vers 1808 sous l'empire, et un de
« ses enfants est né à Avignon le 17 mai
« 1810 (Louise-Hortense de Serène d'Ac-
« quéria). Il doit avoir joué un certain rôle
« sous l'Empire, puisqu'il a été invité à as-
« sister au couronnement de l'Empereur en
« 1804 (On garde toujours dans la famille

« la lettre d'invitation). En 1808, l'Empe-
« reur le nomma Président de Roquemaure.
« Madame Amélie Serène de Vallongues, qui
« a épousé, le 2 juin 1869, à Drancy (Seine),
« le vicomte Alfred de Liniers, est de cette
« famille ; de même, le comte de Grayl... »

Septièmement : Monsieur le Vicomte de
Poli, au dit nom, remet à Monsieur le Vicomte de Serennes une note généalogique de
la descendance du dit Jean-Louis-Antoine
David de Serène d'Acquéria, chevalier, président trésorier général de France en la généralité de Montpellier, époux de dame
Marguerite de Benezet, issue d'une famille
noble du Languedoc (*Nobiliaire Universel de
la France*, par M. de Saint-Allais, 2ᵉ édition,
tome XVI, page 382) ; la dite note généalogique certifiée conforme à l'*Annuaire de la
Noblesse Danoise* par le dit Monsieur Rodolphe Hiort-Lorenzen à Copenhague, le 23
septembre 1887, et ainsi libellée :

« Louis-Joseph-David-Bruno de Serène,
« chevalier de l'Ordre de Saint-Louis et de
« la Croix du Lys, émigra en 1793 du midi
« de la France en Danemark, où il se maria
« à la dame noble de Gersdorff, propriétaire
« des châteaux de Merringgaard et d'Ussing-
« gaard en Jutland. II fut nommé Commis-
« saire Général des armes et anobli le 30
« avril 1817, et l'acte d'anoblissement lui
« reconnaît le nom de Serène d'Acquéria,
« en ajoutant le nom de sa propriété fran-
« çaise à son nom patronymique. En 1808,
« il avait perdu quatre enfants. Voici les
« survivants et leur Maison.

« I. — Louis-Victor de Serène d'Acquéria,
« Gentilhomme de la Chambre, Juriscon-
« sulte, possesseur d'Oestróó en Suède, né
« le 21 décembre 1807, mort le 3 mai 1886,
« se maria le 16 novembre 1847 à la dame
« noble Thora-Fortunata von Benzon, née le
« 6 octobre 1821.

« *A.* Jean-*Louis*-Oscar de Serène d'Acqué-
« ria, à présent Chef de la famille, né le
« 5 juillet 1851, Lieutenant d'artillerie,
« en service dans la Douane, Interprète
« Royal assermenté, marié en 1878 à
« Marie-Sophie Hess, née le 20 octobre
« 1859 à Saint-Thomas (Indes Occiden-
« tales).

> « *a.* Jeanne-Thora-Victoire-Marie de
> « Serène d'Acquéria, née le 4 dé-
> « cembre 1878 ; inscrite dans le
> « couvent de la Noblesse Danoise :
> « Vemmetofte.
>
> « *b.* Louis-Joseph-David-Bruno de Se-
> « rène d'Acquéria, né le 23 février
> « 1881.
>
> « *c.* Gaston de Serène d'Acquéria, né
> « le 23 avril 1882.
>
> « *d.* Prosper-Léon de Serène d'Ac-
> « quiéra, né le 23 mai 1883.
>
> « *e.* Un fils encore sans nom, né le 3
> « septembre 1887.

« *B.* Joséphine-Caroline-Marguerite de Se-
« rène d'Acquéria, née le 13 décembre

« 1849, mariée le 20 octobre 1883 à Carl
« von Platen, capitaine de l'Armée Sué-
« doise, Chevalier de l'Ordre de Wasa.
« *C*. Victoire-Jacqueline Fortunée de Se-
« rène d'Acquéria, née le 4 novembre
« 1854, mariée à Monsieur Sophus de
« Castenschiold.
« *D*. Gerhardine-Henriette de Serène d'Ac-
« quéria, née le 2 avril 1857 ; inscrite
« dans le Couvent noble : Vemmetofte.
« *E*. Prosper-Léon de Serène d'Acquéria,
« né le 21 mars 1861, Lieutenant d'in-
« fanterie, Ingénieur à Buenos-Ayres.
« (Amérique du Sud).

« II. — Prosper-Léon de Serène d'Acquéria,
« né le 26 mars 1812, mort le 12 avril 1870,
« Gentilhomme de la Chambre, Secrétaire
« au Ministère des Affaires Etrangères, Che-
« valier de l'Ordre du Danebrog, marié le
« 19 novembre 1843 à Marie-Sophie Utke,
« née le 22 août 1820.

« *A*. Gerhardine-Louise de Serène d'Acqué-
« ria, née le 3 novembre 1846, mariée

« le 16 novembre 1869 au Colonel d'Etat-
« Major Carl-Anton Schiavitsky von Dàl-
« berg, Chevalier de l'Ordre du Dane-
« brog, de la Croix d'argent, de Saint
« Stanislas et de l'Epée de Suède, né le
« 5 mars 1835.

« *B.* Alexandra - Elisabeth - Augusta - Emilie
« de Serène d'Acquéria, née le 21 août
« 1848, mariée à l'Intendant de la Vène-
« rie Annibal de Sehested, héritier du
« majorat Broholm.

« III. — Oscar-Ferdinand de Serène d'Ac-
« quéria, propriétaire de Merringgaard, né
« le 16 avril 1814, mort le 3 février 1880,
« marié le 12 octobre 1864 à la dame noble
« Catharina-Elisabeth Wasserfall de Rose-
« nórn, née le 11 mars 1831.

« *A.* Catharina-Marguerite de Serène d'Ac-
« quéria, née le 22 septembre 1863 ; ins-
« crite dans le couvent noble : Valloe.

« *B.* Louis-Bruno-Gerhard Gersdorff de

« Serène d'Acquéria, né le 26 octobre
« 1866, étudiant.

« *C.* Louise-Henriette de Serène d'Acqué-
« ria, née le 24 décembre 1867 ; inscrite
« dans le couvent noble : Valloe.

« *D.* Gerhardine-Jochomine Gersdorff de
« Serène d'Acquéria, née le 20 décembre
« 1868 ; inscrite dans le couvent noble :
« Valloe.

« *E.* Hélène de Serène d'Acquéria, née le
« 26 novembre 1870 ; inscrite dans le
« couvent noble : Valloe.

Huitièmement : Monsieur le Vicomte de
Poli exhibe l'*Armorial Général* de J.-B. Riets-
tap, 2e édition, 1887, dans lequel, à la page
764 du 2º volume, se lit cette mention :

« DE SERÈNE D'ACQUERIA, Danemark (Ano-
« bli 30 avril 1817) : *De gueules à une siréne
[de carnation] à deux queues qu'elle tient de
ses mains, au chef d'azur chargé de trois
étoiles d'or.* »

Et il déclare que telles sont effectivement

les armes de la famille de Serène d'Acquéria, dont l'écu est timbré d'un casque couronné, à la visière chargée d'une fleur-de-lis d'or, et supporté par deux lions.

Neuvièmement : Monsieur le Vicomte de Serennes donne acte à Monsieur le Vicomte de Poli de la remise de la Note généalogique susrelatée et de sa déclaration relative aux armes de la famille de Serène d'Acquéria.

Dixièmement : Monsieur le Vicomte de Serennes, d'une part, et Monsieur de Serène d'Acquéria, par son dit procureur, d'autre part, font ensemble et d'un commun accord les conventions qui vont être rapportées.

PACTE DE FAMILLE

Il est conclu entre les parties un Pacte de famille, dont chacune d'elles s'engage à maintenir, respecter et faire respecter à toujours les clauses, qui sont les suivantes :

Monsieur Ferdinand-*Henri*, Vicomte de Serennes, chef de sa branche, et Monsieur Jean-*Louis*-Oscar de Serène d'Acquéria, aussi chef de sa branche, déclarent par les présentes se reconnaître mutuellement pour cousins issus anciennement du même auteur et ayant une origine identique.

Ils promettent de se traiter dorénavant et en toute occurrence en bons parents, unis par les liens du sang et de l'amitié, soucieux de l'honneur de leur nom et de la dignité de leur race, et de se rendre mutuellement les services qui seront en leur pouvoir.

Les contractants déclarent comprendre dans le présent pacte et lier par icelui les membres vivants et à venir des deux familles, qu'ils mettent d'un même cœur sous la Protection Divine, ainsi que le présent traité, fait double aux lieu, jour et an que dessus, en présence de Monsieur Louis-Etienne-*Gustave*, marquis de Rivoire la Bâtie, Membre Honoraire du Conseil Héraldique de France, Officier de l'Ordre Royal des Saints Maurice et Lazare et de l'Ordre du Nicham Iftikar, demeurant à Paris, rue Trézel, numéro 4 ; de Monsieur *Henri*-Emile Bernard d'Arbigny de Chalus, ancien chef de cabinet de préfet, Secrétaire Général du Conseil Héraldique de France, demeurant à Paris, rue des Saints-Pères, numéro 61 ; et de moi soussigné, *Gaston*-Louis Bernos, Rédacteur au Conseil Héraldique de France, demeurant à Paris, rue Legendre, 191, qui ai rédigé les présents pacte et procès-verbal.

*Pour Monsieur de Serène
    d'Acquéria et par procuration :*

VICOMTE DE POLI.   Vte H. DE SERENNES.

Mis DE RIVOIRE LA BATIE.

H. D'ARBIGNY DE CHALUS.

GASTON BERNOS.

Imprimerie de DESTENAY, à Saint-Amand (Cher).